POÈMES

EXTRAITS

DU DIWAN D'OMAR IBN-FAREDH;

PAR M. GRANGERET DE LA GRANGE.

Juvat integros accedere fontes,
Atque haurire; juvatque novos decerpere flores.
LUCR. *de Rerum Naturâ.* Lib. IV.

A PARIS,

CHEZ DONDEY-DUPRÉ PÈRE ET FILS,

ÉDITEURS-PROPRIÉTAIRES DU JOURNAL ASIATIQUE,

Rue St.-Louis, N°. 46, au Marais,

Et rue de Richelieu, N°. 67, vis-à-vis la Bibliothèque Royale.

M DCCC XXIII.

Extrait du JOURNAL ASIATIQUE rédigé par MM. DE CHÉZY,—
COQUEBERT DE MONTBRET, — DEGÉRANDO, — FAURIEL, — GARCIN
DE TASSY, — GRANGERET DE LAGRANGE, — HASE,—KLAPROTH,—
RAOUL-ROCHETTE,—ABEL-RÉMUSAT,—SAINT-MARTIN,—SILVESTRE
DE SACY,—et autres Académiciens et Professeurs français et étrangers;

Et publié par la Société Asiatique.

Il paraît, par année, douze Cahiers de ce Recueil, qui forment deux
volumes in-8o.

Le Prix de l'Abonnement, pour l'année, est de 20 francs.

On ne peut souscrire pour moins de six mois ou d'un volume; alors
l'Abonnement est de 12 fr.

Il faut ajouter pour le port,

Pour les Départemens....   1 fr. 25 cent. par volume.
Pour l'Étranger.........   2 fr. 50 cent.   *idem.*

On s'abonne à Paris, A LA LIBRAIRIE ORIENTALE

De DONDEY-DUPRÉ PÈRE ET FILS, Imp.-Lib., Éditeurs-Propriétaires
du Journal Asiatique, rue St.-Louis, No. 46, au Marais, et rue
de Richelieu, No. 67;
Et chez les principaux Libraires de la France et de l'Étranger.

POÈMES

EXTRAITS

DU DIWAN D'OMAR IBN-FAREDH. (1)

P ARMI les poètes qui ont le plus contribué à donner de l'éclat à la littérature arabe, il faut placer, sans contredit, *Omar-ibn-Fáredh*. Les Orientaux en font le plus grand cas, et les éloges magnifiques qu'ils lui ont décernés unanimement, ne nous permettent pas de lui refuser notre estime. Celui qui a commenté ses œuvres, et qui, suivant ses propres expressions, avait conçu, dès sa plus tendre jeunesse, une vive passion pour les écrits de ce poète, et avait désiré les confier à sa mémoire avec la même ardeur que l'amant désire la présence de son amie, dit, dans les transports de son admiration, que Dieu a inspiré à *Omar-ibn-Fá-redh* des vers auprès desquels les diamans les plus précieux et les colliers les plus riches sont vils et méprisables, qu'il l'a doué d'une éloquence qui brille comme les fleurs riantes des prairies, et comme la lu-

---

(1) *Omar-ibn-Fáredh* naquit au Caire l'an 577 de l'Hégire (1181 de J.-C.), et mourut dans la mosquée *Alazhar* l'an 632 (1235). Son corps fut déposé au pied du mont *Mokattam*. Le biographe *Ibn-Khilcán*, qui avait connu plusieurs de ses compagnons, a laissé fort peu de détails sur sa vie.

mière qui déchire le voile de la nuit obscure ; que ce
poëte s'est plongé dans les mers profondes de la poésie, et en a retiré des perles qui ont étonné les plus
habiles ; que, dans l'art de célébrer les louanges d'une
maîtresse, il a laissé, bien loin derrière lui, tous ses
rivaux ; qu'il doit être considéré comme le chef des
amans, et qu'il est vraiment digne de leur donner des
leçons et de leur servir de modèle.

Les vers d'*Omar-ibn-Fáredh* sont pleins de grâce,
de douceur et d'harmonie. *W. Jones*, dans son ou-
vrage qui a pour titre : *Commentarii poeseos Asia-
ticæ*, observe avec raison que les débuts de la plupart
de ses compositions poétiques se distinguent par une
merveilleuse beauté. La verve et l'enthousiasme caractérisent également cet auteur ; et, pour la force et
l'énergie de l'expression, il marche de front avec
Abou'tthayb Ahmed ben Hosaïn Almoténabby.

L'intelligence parfaite de ses productions ne peut
être que le fruit d'une étude longue et approfondie
de la poésie arabe. Deux causes principales les rendent d'un difficile accès. La première, c'est qu'il ar-
rive souvent à ce poëte de quintessencier le senti-
ment ; et alors ses idées sont si subtiles, si déliées et,
pour ainsi dire, si impalpables, qu'elles échappent
presque aux poursuites du lecteur le plus attentif :
souvent même elles disparaissent dès qu'on les touche
pour les transporter dans une autre langue. On voit
qu'il a pris plaisir, par un choix de pensées extraor-
dinaires, et par la singularité des tours, à mettre à
l'épreuve la sagacité de ceux qui étudient ses ouvrages.

Au reste, les lettrés de l'Orient pensent qu'un poète est sans génie et sans invention, ou bien qu'il compte peu sur leur intelligence, quand il n'a pas soin de leur ménager des occasions fréquentes de faire briller cette pénétration qui sait découvrir les sens les plus cachés. Il faut donc que le poète arabe, s'il veut obtenir les suffrages et l'admiration des connaisseurs, n'oublie pas de porter quelquefois à l'excès le raffinement et la subtilité dans ses compositions, d'aiguiser ses pensées, et de les envelopper de telle sorte dans les expressions, qu'elles se présentent au lecteur comme des énigmes, réveillent son attention, piquent sa curiosité, et mettent en jeu toutes les facultés de son esprit. Or, il faut convenir qu'*Omar-ibn-Fáredh* n'a point manqué à ce devoir prescrit aux poètes arabes, et qu'il n'a point voulu que ses lecteurs lui reprochassent de leur avoir enlevé les occasions de montrer leur sagacité.

La seconde cause qui me semble contribuer à répandre quelque obscurité dans plusieurs de ses poésies, est qu'il s'est plu à y semer des allégories religieuses et des idées mystiques où, sous le voile de peintures profanes et voluptueuses, sont figurés des objets purement spirituels. Les Orientaux se sentent beaucoup d'attrait pour ce genre de composition, parce que chez ces peuples il paraît suppléer, en partie, à cet intérêt qui, pour nous, résulte de l'emploi de la mythologie et du charme des fictions.

C'est dans l'Orient, sans doute, que la poésie mystique a fait entendre ses premiers accens. Graves et méditatifs, affranchis des distractions dans lesquelles sont incessamment engagées les nations européennes, par les rapports habituels d'un sexe avec l'autre, et par des plaisirs toujours variés, mais cependant avides de jouissances intérieures, et tourmentés du besoin impérieux de se laisser subjuguer par quelque grande passion, les Orientaux ont pensé que la spiritualité, les idées abstraites et contemplatives pouvaient combler le vide qu'ils trouvaient au-dedans d'eux-mêmes, et donner à leur ame l'aliment qui lui est nécessaire, en la pénétrant de sentimens profonds, et de ces vives ardeurs qui multiplient son activité et son énergie.

La spiritualité s'est donc présentée à leur imagination sous l'aspect le plus séduisant ; elle a fait une douce impression sur leurs cœurs ; ils en sont devenus idolâtres, et, dans l'égarement de la passion, ils lui ont adressé leur encens et leurs hommages.

Mais ce langage mystérieux et allégorique qui, par la variété de sens qu'il présente, fait les délices des Orientaux, est peu susceptible de nous plaire long-tems. La poésie se prêtant avec peine aux raisonnemens abstraits et bizarres de la spiritualité, nous sommes dégoûtés bientôt d'un auteur qui

D'un divertissement nous fait une fatigue.

L'imagination des poètes orientaux s'enflamme tellement pour les rêveries de la mysticité qu'elle les emporte souvent au-delà des bornes de la droite raison, leur fait sacrifier le soin d'être compris au désir de paraître mystérieux et profond, et les jette dans un dédale de subtilités puériles, qui embarrassent plus l'esprit qu'elles ne l'étendent et ne l'éclairent.

Omar-ibn-Fáredh avait embrassé la vie religieuse et

contemplative. Dans la préface qu'il a mise à la tête des *OEuvres d'Ibn-Fáredh, Ali,* l'un des disciples de l'ordre de ce poète, rapporte de lui des choses fort étonnantes, et auxquelles on ne se sent guère disposé à ajouter foi. Il dit qu'il tombait quelquefois en de violentes convulsions, faisait des bonds si impétueux que la sueur sortait abondamment de tout son corps, et coulait jusqu'à ses pieds, et qu'ensuite il se roulait avec fureur contre terre. Il paraissait assez souvent ravi en extase. Frappé de stupeur, le regard fixe, il n'entendait ni ne voyait ceux qui lui parlaient : l'usage de ses sens était entièrement suspendu. On le vit plusieurs fois renversé sur le dos et enveloppé comme un mort dans son linceul. Il restait plusieurs jours dans cette position, et pendant tout ce tems, il ne prenait aucune nourriture, ne proférait aucune parole, et ne faisait aucun mouvement. Lorsque, sorti de cet étrange état d'immobilité ou d'agitation, *Omar-ibn-Fáredh* pouvait s'entretenir avec ses amis, il leur disait que, tandis qu'on le voyait hors de lui-même, et comme privé de la raison, il conversait avec la divinité, était comblé de ses faveurs, et ressentait les plus heureuses inspirations poétiques (1).

Je vais maintenant essayer de donner une idée du génie poétique d'*Omar-ibn-Fáredh,* par la traduction de deux morceaux extraits de son Diwan. Le premier peut être considéré comme une élégie, classe dans la-

-----

(1) Tous ces détails se trouvent dans le manuscrit arabe de la Bibliothèque du Roi, numéroté 1395.

quelle il faut, comme je l'ai dit ailleurs, ranger la plupart des poèmes arabes, quoiqu'ils ne portent pas toujours ce titre. Ce morceau m'a paru remarquable par la vérité des peintures, la véhémence des sentimens, et les charmes d'un style toujours approprié aux objets décrits. Ma traduction est littérale; je n'ai ajouté ni omis aucune circonstance, et j'ai pris soin, autant qu'il m'a été possible, de rendre toutes les expressions de l'original.

Plaintes et Souvenirs d'Omar-ibn-Fâredh, *éloigné de la Mecque* (1).

Ralentis ta marche et compatis à mon sort, ô chamelier ! songe que tu emportes mon cœur avec toi.

Ne vois-tu pas comme les chameaux gourmandés, remplis d'ardeur, tourmentés par la faim et la soif, soupirent après les délicieux pâturages ?

La fatigue des déserts a transformé leur corps en un squelette qui n'est revêtu que d'une peau desséchée.

Leurs pieds dépouillés et meurtris, sont devenus si sensibles à la douleur que le sable, sur lequel ils marchent, paraît s'être changé en charbons ardens.

Leur extrême lassitude a tellement diminué leur embonpoint que l'anneau attaché à leurs narines ne soutient plus la bride flottante. Laisse-les paître librement le *thomám* (2) qui croît dans les terres basses.

----

(1) Ce poème et le suivant n'ont point encore été traduits.

(2) Le *thomám* est une espèce de chaume dont on se sert en Orient pour couvrir les maisons et en boucher les fentes. Voyez le *Kámous*, et le *Calila et Dimna* du baron Silvestre de Sacy, p. 292. (*Moallaka* de Lébid.) Voyez aussi la *Chrestomathie Arabe* du même savant, T. III, p. 63.

Leur bouillant courage les a exténués. Si tu manques d'eau pour calmer leur soif, hé bien ! conduis-les promptement dans des lieux creux où ils trouvent de quoi se désaltérer.

Marche devant eux pour mieux les guider, mais ne les fatigue point trop ; tu sais qu'ils se rendent vers la plus sainte des vallées.

Que Dieu prolonge ta vie ! si tu passes au matin par la vallée de *Janbou*, (1) par *Addahna* et par *Bedr* ;

Si tu traverses les sables d'*Annaka* et d'*Audán-Waddán*, pour te rendre à *Rábig*, dont les eaux rares calment un peu la soif du voyageur ;

Si tu franchis les plaines sèches et arides dans le dessein de visiter les tentes de *Kodaïd*, séjour de mortels vertueux ;

Si tu t'approches de *Kholaïs*, d'*Ousfán* et de *Marr Azzharán*, qui est le rendez-vous des habitans du désert ;

Si tu t'avances ensuite vers *Algamoum*, *Alkasr*, *Addakna*, lieux où descendent les voyageurs qui ont besoin d'eau ;

Si tu arrives à *Attan'im*, à *Azzáhir* qui produit des fleurs, et te diriges vers le sommet des montagnes ;

Si, après avoir traversé *Alhadjoun*, tu poursuis ta course, désirant visiter le séjour des saints les plus austères ;

Si enfin tu arrives à *Alkhiám*, n'oublie pas alors de saluer souvent de ma part les Arabes chéris de cette contrée (2).

---

(1) Ces noms et ceux qui suivent sont donnés aux lieux par où passent les pélerins qui se rendent d'Égypte à la Mecque.

(2) Cette énumération n'est point aussi aride qu'elle le paraît au premier coup-d'œil. On ne peut douter que l'aspect des lieux que les Arabes rencontrent sur leur route, lorsqu'ils font le pélerinage de la Mecque, ne soit capable de produire dans leur ame les plus

Captive-les par des discours pleins de douceur, et conte-leur une partie des peines que j'endure et qui ne doivent jamais finir.

O mes amis! quand est-ce que votre approche de l'asile inviolable que j'habite me rendra le sommeil qui m'a fui?

Qu'elle est amère la séparation, ô mes amis de la tribu! et qu'elle est douce la réunion après une longue absence!

Comment pourrait-il trouver des charmes à la vie, l'infortuné abîmé par l'excès de la souffrance, et qui cache dans ses entrailles des flammes qui le consument?

Sa vie et sa patience s'évanouissent, mais son amour et sa douleur augmentent sans cesse.

Hélas! son corps se trouve en Egypte, ses doux amis sont en Syrie, et son cœur est dans *Adjiad* (1).

O! s'il m'est jamais permis de faire une nouvelle station sur les pierres chéries d'*Arafát* (2), de quelles joies ne serai-je pas enivré après une aussi longue absence?

Puisse-t-elle ne jamais périr la mémoire du jour où nous nous réunîmes dans *Almosalla*, lieu sacré où nous fûmes invités à entrer dans la voie de la vérité!

Alors nos chameaux chargés du palanquin traversaient au lever de l'aurore les deux montagnes, et s'avançaient d'un pas rapide vers les défilés;

---

douces émotions. De plus, le poète a suffisamment corrigé la sécheresse apparente de son énumération, en donnant à la plupart des lieux qu'il nomme des qualifications qui les caractérisent et les distinguent; par une habile suspension, il tient le lecteur en attente, et le force de le suivre jusqu'à ce qu'il arrête son esprit sur ces paroles : *N'oublie pas alors de saluer*, etc...., paroles simples et touchantes, qui empruntent tout leur prix de la place qu'elles occupent.

(1) Lieu situé non loin de la Mecque, et très-révéré des *Musulmans*.

(2) Montagne où les pélerins musulmans font une station.

Alors des pluies abondantes et fécondes rafraîchissaient et nous tous rassemblés dans *Mozdalafat* (1), et les nuits délicieuses passées dans *Alkhaïf*.

Que d'autres ambitionnent des richesses et des dignités, pour moi je ne soupire qu'après la vallée de *Mina*; elle seule fait l'objet de tous mes désirs.

O habitans du *Hédjáz*! ô vous que j'aime si tendrement! si la fortune, soumise aux décrets divins, a voulu que je demeurasse séparé de vous;

Hé bien! apprenez donc que mon antique passion pour vous subsiste encore aujourd'hui, et que les doux sentimens que vous m'inspirâtes autrefois m'animent encore en ce moment.

Vous habitez dans le fond de mon cœur, mais, hélas! vous êtes bien loin de mes yeux.

O toi qui es pendant la nuit mon assidu compagnon! si tu veux m'être secourable, console mon cœur en m'entretenant de la Mecque.

Oui, le voisinage de la Mecque est ma patrie, sa terre est mon parfum; et c'est sur les bords du torrent que je trouve mes provisions de voyage.

Là sont les objets de ma tendresse, là je m'élevais à la perfection. J'étais toujours prosterné devant la station d'*Ibrahim*, et les faveurs du ciel descendaient sur moi.

Mais les destinées cruelles, en m'éloignant de la Mecque, ont arrêté le cours des célestes bienfaits; et mes communications avec Dieu sont interrompues.

Ah! si la fortune m'accorde de retourner à la Mecque, peut-être reverrai-je ces jours qui furent pour moi des fêtes ravissantes.

---

(1) Nom d'une mosquée qui se trouve dans la campagne de la Mecque, à peu de distance d'*Alkhaïf*, autre mosquée.

J'en jure et par le mur *Alhathym* (1), et par l'angle du temple, et par les voiles sacrés, et par les monts *Safa* et *Merwa*, entre lesquels courent les fervens adorateurs ;

Et par l'ombre d'*Aldjénáb* (2), et par la pierre d'*Ismaël*, et par la gouttière sainte (3), et par le lieu où sont exaucées les prières des pélerins ;

Non, je n'ai jamais respiré l'odeur suave du *baschám* (4), qu'au même instant elle n'ait apporté à mon cœur un salut de la part de *Soád*, ma bien-aimée.

LE second morceau, dont je vais offrir la traduction, jouit d'une grande célébrité en Orient, et il est gravé dans la mémoire de tous les amateurs de la poésie. Ce morceau a pour titre *Alkhamryat*, c'est-à-dire *poème qui traite du vin*, ou *l'éloge du vin*. M. le baron Silvestre de Sacy l'a cité dans sa *Chrestomathie Arabe* (t. 3, p. 155). Cette composition singulière ne manque ni de grace ni de charme ; les idées en sont ingénieuses, délicates, quelquefois profondes, et toutes sont rendues avec force et précision. L'auteur a voulu, sous l'emblême du vin, et sous des expressions qui frappent les sens, figurer des choses purement spirituelles, et peindre

---

(1) Le mur *Alhathym*, qui faisait autrefois partie de la *Kaaba*, est très-révéré des *Musulmans*.

(2) *Aldjénáb* est le nom d'une montagne.

(3) En arabe, *almizáb*. Cette gouttière, longue de quatre pics, et d'argent doré, est placée au haut de la *Kaaba*.

(4) Le *baschám* est le nom donné à un arbre odoriférant qui ressemble au baumier, et qui est très-commun dans les montagnes de la Mecque. (Voyez la *Relation de l'Égypte*, par *Abd-Allathif*, traduite par le baron Silvestre de Sacy, p. 22 et 93.)

cette vie contemplative où l'ame des saints s'absorbe tout entière dans la divinité et dans ce chaste amour, source intarissable des plus pures délices. La mystérieuse obscurité qui règne dans ce poème allégorique, a ouvert une vaste carrière aux réflexions des commentateurs qui ont épuisé toute leur érudition pour écarter le voile qui le couvre, et pour faire céder la lettre à l'esprit, qui seul doit subsister. Il faut savoir que, suivant le langage des mystiques musulmans, le Bien-aimé (*Alhabíb*) est Mahomet ; que le vin, dont il est fait mention dans ce poème, et dont il est glorieux de s'enivrer, est un breuvage tout spirituel ; c'est-à-dire l'amour divin qui pénètre et embrase les cœurs. La vigne, dont il est aussi parlé, signifie tous les êtres qu'a créés la puissance éternelle. Quant aux autres expressions figurées qui se rencontrent dans cette pièce, je pense que l'on pourra, sans beaucoup de peine, en entrevoir le sens. Il est bon d'ailleurs, dans les matières de ce genre, qui souvent donnent lieu à des interprétations diverses, de laisser l'esprit du lecteur en liberté, et de le livrer à ses propres réflexions. Les personnes qui ont du goût pour les choses mystiques, se plaisent à y trouver je ne sais quoi de vague et d'indéterminé : elles aiment qu'on leur ménage le plaisir d'écarter elles-mêmes les ombres légères, qui font tout le prix et tout le charme de ces jeux d'une imagination exaltée.

La *Khamryade*, ou *l'Éloge du Vin.*

(Poème mystique.)

Nous avons bu au souvenir de notre bien-aimée un vin délicieux, dont nous fûmes enivrés avant la création de la vigne.

Une coupe brillante comme l'astre de la nuit contient ce vin qui, soleil étincelant, est porté à la ronde par un jeune échanson beau comme un croissant. O combien d'étoiles resplendissantes s'offrent à nos regards quand il est mélangé avec l'eau (1) !

Sans le doux parfum que cette liqueur exhale, nous n'aurions pas été attirés vers les lieux où elle se trouve ; et si elle n'eût pas brillé d'un vif éclat, jamais notre imagination n'aurait pu la concevoir.

Le siècle n'a laissé paraître au dehors qu'une goutte légère de cette liqueur : on dirait qu'inactive et sans effet, elle reste ensevelie et comme scellée au fond des cœurs.

S'il en est parlé dans la tribu, à son nom seul le peuple devient ivre au même instant, et il n'est point déshonoré, et il n'a point commis l'iniquité.

Du fond des vases qui la renferment, peu à peu cette liqueur s'est échappée, et il n'en est resté absolument que le nom.

Qu'elle se présente à l'esprit d'un malade, la joie pénètre aussitôt dans son cœur, et le chagrin s'évanouit.

____

(1) Le commentateur admire l'idée profonde que ce vers renferme, et l'art avec lequel il est composé. L'analogie que les mots de l'original ont entre eux en constitue le principal mérite. Les poètes arabes et persans aiment à établir de l'analogie ou de l'opposition dans les expressions. De cet arrangement, il résulte une grâce de style qui ne saurait passer dans une traduction.

Si les convives voyaient le cachet apposé sur les vases qui la contiennent, la vue de ce cachet serait capable de les faire tomber dans l'ivresse.

Que l'on arrose de cette liqueur la terre sous laquelle repose l'homme qui n'est plus, aussitôt il revient à la vie, et il se lève droit sur ses pieds.

Si l'on portait un homme que la mort est près de saisir, à l'ombre du mur servant d'enceinte à la plante que produit cette liqueur, nul doute que son mal ne l'abandonnât au même instant.

Si l'on approchait un boiteux du lieu où elle se vend, il marcherait incontinent ; et le muet, au seul récit de son goût délicieux, retrouve la parole.

Que dans l'Orient elle exhale son odeur embaumée, et qu'il se trouve dans l'Occident un être privé de l'odorat, alors celui-ci recouvre la faculté de sentir.

Qu'une goutte de cette liqueur colore la main de celui qui tient la coupe, non, il ne s'égarera pas au milieu des ténèbres : il est guidé par un astre éclatant.

La présente-t-on en secret à un aveugle-né, la vue lui est aussitôt rendue. La fait-on passer d'un vase dans un autre pour la clarifier, le sourd, à ce doux murmure, retrouve l'ouïe.

Si parmi des voyageurs qui se dirigent, montés sur leurs chameaux, vers le sol qui lui donne naissance, il se trouve quelqu'un de mordu par un scorpion, hé bien ! le venin de cet animal ne saurait lui nuire.

Si l'enchanteur (1) traçait les lettres qui forment le nom

---

(1) Par l'enchanteur (*Arráky*) le poète désigne un homme si avancé dans la connaissance de Dieu, qu'il est capable de conduire les autres.

de cette liqueur sur le front d'un homme frappé de démence, oui, ces caractères le guériraient.

Si son nom glorieux était écrit sur le drapeau de l'armée, cette marque sacrée enivrerait tous ceux qui se sont rangés sous ce drapeau.

Elle rend plus douces et plus aimables les mœurs des convives ; et par elle est guidé dans la voie de la raison celui à qui la raison n'est point donnée en partage.

Il devient généreux celui de qui la main ignorait la générosité ; il devient doux, au moment où sa colère s'allume, celui qui n'était point doué de douceur.

Si le plus stupide d'entre les hommes pouvait appliquer un baiser sur la partie scellée du vase où cette liqueur est contenue ; ce baiser sans doute lui communiquerait la connaissance intime de ses sublimes perfections.

Décris-nous, me dit-on, cette liqueur, toi qui connais si bien ses attributs merveilleux. Oui, je vais la décrire, parce que ses qualités me sont dévoilées.

C'est ce qu'il y a de plus pur, et cependant ce n'est point de l'eau ; ce qu'il y a de plus léger, et pourtant l'air ne la compose point ; c'est une lumière que le feu n'engendre pas ; c'est une ame qui n'habite point de corps.

Sa mémoire a précédé anciennement tous les êtres créés, alors qu'il n'existait aucune forme visible, aucun corps apparent.

Par elle se sont établies toutes choses : ensuite par une sagesse qui lui est particulière, elle s'est dérobée aux regards de ceux qui n'ont pu la comprendre.

A sa vue mon ame égarée est tombée en extase ; et toutes deux se sont confondues tellement l'une dans l'autre, que l'on ne pourrait pas discerner si une substance a pénétré une autre substance.

Ce vin considéré seul représente mon ame que je tiens

d'Adam ; la vigne , elle seule considérée , signifie mon corps qui comme elle a la terre pour mère.

La pureté des vases , je veux dire des corps , provient de la pureté des pensées qui s'étendent et se perfectionnent par cette ineffable liqueur.

On a voulu établir une différence entre ces choses , mais le tout est demeuré un et indivisible. Or , nos ames sont le vin , et nos corps la vigne.

Avant cette liqueur il n'est rien , et après elle il n'est rien encore. Le tems où a vécu le père commun des hommes, n'est venu qu'après elle , et elle a toujours existé par elle-même.

Avant les siècles les plus reculés elle était; et l'origine des siècles n'a été que le sceau de son existence.

Telles sont les infinies perfections de cette liqueur , qui engagent à la décrire tous ceux qui sont épris de ses attraits. Que la prose ou les vers célèbrent ses louanges , n'importe , les louanges ont un mérite égal.

Celui qui en entend parler pour la première fois, tressaille d'allégresse comme l'amant passionné au seul nom de sa bien-aimée.

Plusieurs m'ont dit : Tu as bu l'iniquité. Non , non , ai-je repris ; le vin que j'ai bu est un vin que je n'aurais pu refuser sans crime.

Qu'elle soit salutaire cette liqueur aux pieux anachorètes ! combien de fois ils en ont été enivrés ! et pourtant ils n'en ont point bu, ils n'ont fait que la désirer.

Mon esprit en a été troublé dès mon jeune âge ; et cette douce ivresse m'accompagnera sans cesse après même que mes os seront réduits en poudre.

Savoure-la dans toute sa pureté; mais si tu veux la mélanger , songe bien alors que te détourner de l'haleine de ta bien-aimée , ce serait commettre un crime.

Cours la demander aux lieux où [elle se distribue; qu'on vienne te l'offrir dans toute sa splendeur, parmi des chants mélodieux. Qu'il est grand l'avantage de savourer cette liqueur au doux bruit des concerts !

Jamais cette liqueur et les soucis n'habitèrent ensemble, et jamais le chagrin ne résida au milieu des concerts.

Si tu étais enivré de cette liqueur, ne fut-ce qu'un instant, tu verrais la fortune soumise à tes ordres, et la puissance te serait donnée sur toutes choses.

Il n'a point existé ici-bas l'homme qui a passé ses jours sans jamais la goûter ; et celui qui est mort sans en être enivré, jamais la raison n'a été son partage.

Qu'il pleure donc sur lui-même l'infortuné qui n'ayant point pris sa part de cette merveilleuse liqueur, a traîné une vie inutile et déshonorée.

IMPRIMERIE DE DONDEY-DUPRÉ.